귀를 두고 내렸다

이 도서의 국립중앙도서관 출판예정도서목록(CIP)은 서지정보유
통지원시스템 홈페이지(http://seoji.nl.go.kr)와 국가자료종합목
록 구축시스템(http://kolis-net.nl.go.kr)에서 이용하실 수 있습니
다. (CIP제어번호 : CIP2021000003)

이 윤 소 시 집

귀를 두고 내렸다

36

시와정신시인선

시와정신사

시인의 말

새벽이 광막한 잠에서 걸어 나오고 있었다
불면을 모르던 낙타 한 마리
제 그림자를 밟고 서 있었다
끝없는 지평선을 뿌옇게 흐리는 모래바람처럼
시야를 가린 시는 이불속에서 간절했다

모래알 같은 문장들이 한 줌 생각에서 흩어져갔다
꿈밖으로 내쳐진 가수면 얼마나 더 유랑해야할까
밤의 속살을 물어뜯은 전갈이 꿈틀거렸다
치명적인 독,
내 안에 시가 도사리고 있었다

등단한지 6년 만에 시집을 선보인다
부끄러워 붉어진 얼굴을 숙이며...

2021년 2월
이윤소

5

차 례

005 시인의 말

___ 제1부

013 전당포 공식
014 벽 너머를 보다
016 뜨인다는 것
018 갈고리에 걸린 밤
019 밀물에 쓰는 편지
020 문신
022 유치권 행사 중
024 붉은 길
026 자의 눈금
028 뒤엉킴과 풀림
029 빙하의 유랑
030 책꽂이 연대기
032 배롱나무
034 모퉁이 집 능소화
035 왕년엔
036 다리미
038 눈꽃의 유랑

_____ 제2부

041 도시 속의 섬

042 메타쉐쿼이아

044 동백꽃 피던 날

046 잡식성의 생존방식

048 구시가

050 그녀의 아침

052 봄을 연주하다

053 봄 숨

054 낡은 의자

056 금주 전날

058 파랑주의보

060 세밑 폭설

062 가시학개론

064 그 집을 떠나며

066 버스름을 공유하다

067 뒤안길

068 공터의 현기증

_____ 제3부

071 수혈

072 곰삭다

074 결행

076 463번 버스라는 채비

077 입들이 먹고 자라는 나무

078 커피 한 잔의 눈물

080 야드세일

082 이게 뭐야

084 절뚝이다

086 용산역에는 구름도 행렬입니다

088 질주하는 말

090 그리 할지라도

091 새벽 4시 무렵

092 여름 습작

093 리모델링

094 파란 트럭

095 거듭나다

_____ 제4부

099 귀를 두고 내렸다

100 묵혀둔 안부

102 1983년 그해 여름

104 모과차

106 사진첩

108 손목시계

109 스치다

110 외출의 공식

112 그 해 가을

114 월동준비

115 불쾌한 과수원

116 낙타의 눈물

118 죽방멸치

119 다시 피고 있었다

120 해설 | 생략된 답변, 여백으로 확장되는 질문들 | 마경덕

제1부

전당포 공식

빛바랜 간판이 후미진 골목을 붙잡고 살아간다 나무 책상 위 빼곡히 적혀있는 그늘 속 곰팡이에도 숫자가 있다 저당 잡힌 물건들이 제 이름표를 문 채 담보되는 순간, 전차금은 누군가의 숨통을 터주거나 더욱 옥죈다 불황을 붙잡고 전당포는 숨을 쉰다

폐쇄된 창문엔 한 꼬집의 빛도 들지 않는다 누군가 달고 온 햇살 한줌도 이곳에선 탈탈 털린다 들고나는 물건들, 노란 외등과 쇠창살이 노인을 지킨다 한참을 들여다보는 단안경이 무게를 재고 값을 매긴다 저울에 달아보는 눈금도, 시계의 본적지도 그의 휘하에 있다 지루한 테두리 안에서 평생 나이테를 늘려온 노인은 이곳의 군주

주인을 기다리다 기한을 넘긴 물건들, 풀이 죽어 늘어진 채 허기진 배를 공중에 매달고 있다 또 누군가 층계 오르는 소리, 불황은 아직도 진행 중이다

벽 너머를 보다

이사 갈 집에 미리 도배를 준비했다
누렇게 뜬 벽지에서 전 주인의 담배냄새가 났다
사각 벽을 들여다보고 있는 남향이
푸석한 창문을 압도하고 있었다

실핏줄 같은 균열 따라
미장의 가늠을 더듬어 갈 때
휘늘어진 벽지 한쪽이 틈을 허용했다
그 안에는 문이 있었던 것일까
나는 가만히 너머를 건너다 봤다

자유가 주어진 자유,
벽의 기대치가 미치는 그곳
벽과 벽이 마주보는 미지를
나는 왜 해독하려하지 않았을까

어둠이 슬금슬금 물러간 후에야
구석과 구석이 만나 각을 이루는 벽은
굽도리에 의해 하나가 되어가고 있었다

한쪽 벽면의 벽지를 뜯어내는 순간
벽지 속에 벽지가 있었다

자작나무 숲이었다
순록 한 마리가 뿔을 치켜들었다
벽은 순식간에 시베리아 벌판이 되었다

뜨인다는 것

진실을 알기까지 너무 많은 시간을 거슬러왔어
도마 위에서 잠시 헐떡거렸지만
괜찮아, 회칼로 발라낸 낱낱에서
멀뚱거리는 눈이 있잖아

한때는 대양을 갈라 심해를 품었지
얇게 썰리는 동안
창문 밖 태양을 보았어
각도에 따라 썽둥 잘리는 햇살들

마지막 내 그림자가 파닥였어
다시 눈을 감을 수 없었어
호명되는 접시에 무채가 깔렸지

생각해보니 지느러미에 스쳤던 시간들도
kg에 있었던 거야, 이제야 알았어
너무 깊이 생각한다는 건
뼈를 드러내는 일

나는 이제 즐거움을 덜어낸

한 접시의 괴로움이 되지

어둠을 보지 않고도
내 안의 빛을 보여주는 거야
젓가락에게

갈고리에 걸린 밤

정육점에 '소 잡는 날' 푯말이 붙어있다
비대한 몸집의 사내가
갈고리 쇠에 한 덩어리의 선홍빛 모질음을 걸어 놓았다

살아 있는 살은
핏물이 선명한 죽은 살을 해체해낸다
칼끝에서 숭덩숭덩 잘려나가는 부위들,
품질 보증서를 붙이고 진열대에 전시된다

사이사이 안개꽃처럼 하얗게 핀 울음
사람의 입맛을 아는 꽃등심은
어느 우사에 매여 옴짝달싹 못 했을까

적색 조명이 켜지자
정육점은 금세 유흥업소처럼 은밀해진다

네온으로 달구어낸 간판에서
형광 진액이 스멀스멀 흘러내릴 때
도축장으로 끌려가던 핏빛 울음이
비닐 랩으로 포장되고 있다

밀물에 쓰는 편지

낮게 깔린 해무가 파도를 뒤집어요 솟구쳐 오른 포말은 잠시 뱃전을 가늠한 뒤, 자맥질로 녹슨 닻의 깊이를 재고 있어요 가물거리는 난바다의 주소를 알고 싶은 듯

빈 갑판 깃대 위에 무거운 햇덩이가 걸려 오후가 기울고 있어요 펄럭이는 건 깃발이 아닌 바람이지요 접힌 바다가 허리를 펴고 갯벌을 빠져나가요 갯벌을 짓이기는 건 발자국이죠 뻘 속으로 가라앉는 누군가의 발목을 해안가 솔밭이 밑줄을 긋고 있어요

잠시 귀 기울여 보세요 세이렌의 노랫소리가 들리나요 수평선 너머에는 울음이 떠다녀요 조각조각 흩어지는 건 파도만이 아니예요 오디세우스의 밀랍이라도 빌려드릴까요 물의 파편들은 거품을 토하며 다시 일어서는데 잃어버린 이름은 자꾸만 가라앉아요

포구 한편에서 물새 한 마리가 찢겨나간 깃대에 스템프를 찍듯 쪼아대고 있네요 바람보다 가벼운 새는 썰물을 따라 떠밀려갈지도 모르지요 나는 바다의 수취인 불명 소인이예요

문신

기세등등한 용 한 마리
한쪽 팔을 휘감고 꿈틀거린다
비늘의 무게로 왼쪽 어깨가 기울어진 사내
영락없이 1시 5분을 가리키고 있다

불거진 팔뚝에서 등짝을 타고 올라
비딱함을 내뿜는 저 각도,
금방이라도 검푸른 적의가 튀어나올 것 같다

힘줄의 조련에 길들여져
이제 한 몸이 되었을까

전설과 현실이 만난 상상 속에서 살이 오른 용,
어쩌면 사내의 허욕을 먹고
공생의 길을 택했을지도 모른다

저 상징은 아무도 모르게 제 몸에 깃든
두려움을 몰아내고 있을 것이다

천둥 번개로 웅덩이에 작달비 꽂히는 날,

곤두세운 목덜미 물고 날아갈
저 역린

용 한 마리가 사내를 휘감고
유유히 비승할 기세다

유치권 행사 중

도시 빌딩 틈바귀에 낀 건물 벽
래커로 휘갈겨 쓴 글자가 붉다

기둥과 기둥 사이의 독백,
녹슬어가는 철근 같이
방치된 약속이 버티고 있다

바람이 부도를 몰고 들이쳐도
아무런 저항을 하지 못한다
창문의 권한에는 유리가 없다

이따금 날아가는 새들만 햇볕을 담보로
무단 침입할 뿐,
어떤 오후도 절차를 거치지 않는다

가로막이 설정해 놓은 저 흉물
한 발 비켜나 있는 속내가 타들어간다

구름은 가끔 소문을 몰고 오지만
쇠약한 그늘처럼 멀거니 제자리를 지킬 뿐

무엇이 쑥쑥 자라던 그의 키를 멈추게 했을까

뼈대만 앙상한 비계가
스치는 바람에도 삐걱거린다

붉은 길

시야를 벗어난 곳일수록 가려운 데가 많다

메마른 등짝에 효자손 하나 갉죽갉죽 거리는 순간
세포처럼 길이 퍼져나간다
잠시 머물다 흩어지는 붉은 이 선들
얼마 지나 또 다른 길을 불러들인다

대나무 숲이 벅벅 바람을 긁는 소리
나는 오렌지 주스를 들이키다가
얼얼해지는 살갗에서 후드득 비늘꽃 지는 소리를 듣는다

가까우면서 아득해서
마음까지 가려운
아무도 가지 않는 이 길을 홀로 걷는 밤

밤마다 붉은 길을 따라
불면이 유랑하고 꼬리를 무는 의심이 찾아왔다

시큰시큰 보이지 않는 뒤편이 길이다

남루한 이역에서 시뻘겋게 충혈 된
내가 아직도 떠돌고 있다

자의 눈금

눈금마저 지워진 낡은 자 하나
책상 서랍에 굴러다니다가
고작 백지에 줄긋는 일에 불려나오곤 했어요

세상은 자로만 측정된 숫자의 집합
학벌, 인맥, 너와 나의 거리까지
길이와 무게를 가늠하며
한 치의 오차도 허용하지 않아요

그러나 내 눈에는 눈금 없는 자 하나
들어앉아있어요 어리석다고
눈대중이라고 말해도
나는 그 자를 버릴 수가 없어요

꼭 맞는 건 아니지만 비슷하기만 해도
내 것인 것들

그 잣대로 인생을 재다보면
운명도 얼추 들어맞는다고

자로 잰 듯 반듯하게 살지 못 했지만

나는 여전히 잴 수 없는 것들을 재고 있어요

내 안에서 굴러다니는 자 하나가
백지 같은 마음에 반듯하게 살라고
줄을 그어주고요

뒤엉킴과 풀림

휴일 오전 세탁기를 돌린다
분주했던 어제의 피로를 쏟아 넣는다
베란다를 서성이던 햇살이 통에 담겨 함께 돌아간다
잠시 버튼을 누르는 동안
덜거덕거리는 기계음,
저 빈 둥지 안 또 다른 나는
나를 어떻게 취급했던 걸까
똬리를 틀고 풀며 찌든 때 나누며
물컹한 기억에서 탄력을 얻은 옷가지들
번들거리며 돌아간다
드르륵드르륵
탁해진 심경을 앞 다투어 토해낸다

그것은 나를 벗어버린, 영역 밖의 일

그 어떤 후회도 끼어들 수 없는
오로지 미끌거리는 경솔,

어제와 그제, 오늘과 내일, 이전과 이후가
한통속에서 뒹굴다가
거품 속에서 풀어진다

빙하의 유랑

    가설만 분분하던 빙하가 언제부터인지 완만한 걸음을 떼었다는 소문,빙하는 울기 위해서 날마다 떠나고 있다 천둥치듯 요란히 잘려 나가는 지체들 빙붕 되어 바다 위를 걷고 있었다 부력의 탄성으로 성큼성큼 권곡을 지나 어디로 가려던 것일까 비늘을 다 털고 나면 전설이 드러날까 빙하의 눈물은 어느 해수면을 떠돌고 구름 사이에서 쏟아진 햇살한줄기 얼어붙은 틈에 꽂혀 쩍쩍 발소리를 냈다 남쪽 어딘가에서 빙하가 걸음을 멈췄다 뒤를 돌아다본 곳에 공장 굴뚝이 우뚝우뚝 서 있었다

책꽂이 연대기

빽빽한 숲이 그늘을 키우는
국유림에는 길이 없다
벌목꾼의 걸음이 길이다

거목과 맞서는 팽팽한 기싸움
나무가 기우는 방향을 더듬으며
먼저 나무의 뒷목을 친다
곤두세운 시선을 반대쪽으로 보낸다

그늘이 출렁거리고
산판을 울리는 기계톱소리
거대한 체구가 무릎을 꿇고
쓰러지는 외마디!

뿌리는 허공까지 키웠는가
허공의 실핏줄이 찢어지는 소리가 귀청을 찌른다

운송된 통나무는 어느 제재소에서
속살을 드러내고 내게 꽂혀온 것일까

흙에서 자란 내력은 겹겹으로 둥글다

누군가의 지문이 박힌 한 그루가
책을 물고 싱싱하게 자라고 있다

배롱나무

앞집 옥상 배롱나무 한 그루
맨살처럼 매끄러운 나무의 뼈가 구불구불하다
간신히 발목만 덮고
저리 자라서 다산을 했을까
태풍이 불러온 비바람 속에서도
가지는 꽃들을 단단히 붙잡았다
오므린 몽우리 앞 다투어 입을 열면
새들도 7월의 햇살을 물어다준다

햇살을 섞어 지은 향기를 바람에 털어내는 꽃숭어리
허공도 코를 벌름거린다
다홍빛 꽃잎들이 비행을 준비하는 것일까
나무의 어깨가 들썩거린다
아직 벙글지 못한 것들이 있어
나무는 백일 동안 부화를 멈추지 않는다

여름 끝자락,
드디어 포르르 날아오르는 꽃들
하나하나 어미의 품을 벗어나 어디로 가는 것일까

저 사랑을 키우기 위해
나무는 위태로운 옥상을 딛고 섰을 것이다
바람이 연신 공중에서 경문을 외고 있다

모퉁이 집 능소화

오락가락하는 장마에도 담벼락이 붉다
끄느름하던 하늘에서 빗발이 넝쿨처럼 뻗어 나온다
우기의 끝자락 물고 저리 꽃봉오리를 벌렸을까
질척이는 담장을 한사코 넘어 온다

비바람과 줄다리기 중인 능소화
능소화처럼 붉은 우산이 모퉁이 집 앞을 지나간다
거머쥔 바지 자락은 발목을 휘감고

물웅덩이를 뭉개고 달려가는 자전거 바퀴에
빗물의 목이 잘려나간다

줄기 끝에서 버둥거리는 능소화
자꾸만 곁눈질이다 홀딱 젖은 나를 향해
가녀린 목을 흔든다

바닥에 핀 수많은 파문, 바닥에서 개화하는 빗물처럼

빗물에 목을 떨군 7월의 분신들
바닥이 꽃처럼 붉다

왕년엔

해거름 아귀찜 식당 퇴근이 몰려드는 시간, 넉넉한 체구의 주인이 하나 남은 빈 자리를 가리킨다 식탁마다 꽉 찬입들, 한판 더 벌릴 것 같은 저 식탐들, 큰 접시에 수북이 쌓아올린 바다는 벌겋게 노을로 물들었다 날카로운 아귀의 이빨이 사라지고 물렁한 뼈가 쫄깃한 살을 물고 있다 씹기만만한 사람을 만난 것일까 얼얼한 혀로 누군가를 우물거리는 아귀 같은 입들, 건너편 식탁엔 점액질처럼 끈적한 사내들의 우정이 왕년의 취기를 불러댄다 옛날엔 말이야, 혀가 꼬부라진 발음이 새어 나올 때마다 한 바탕 웃던 입속에는 하나같이 금이빨이 반짝거린다 어설픈 젓가락질로 연신 아귀를 집어 올리는 저들도 무시무시한 뭔가에 자신의 살점을 내어 주었을까 아귀의 이빨 같은 세상에 물려 흐느적거린 적 있었다는, 저 사내들 너머 창문에는 저녁놀이 아련하게 얼른해진다

다리미

재활용 수거함 밑에
차가워진 맥박을 보았다

자신의 몸을 달궈야 주름이 펴진다는 걸
무쇠도 알았던 걸까
식어버린 심장을 햇볕에 데우고 있다

한때 누군가의 주름진 옷을 다리고
마음까지 빳빳하게 각을 세워주었지
낯선 바닥에 버려질 것을 짐작이나 했을까
꼬여진 전선줄에서 니크롬선이 보인다

세상과 접속불량이 되기까지
저 안에 무엇을 숨기고 살았을까

끊어진 금속광택에도 빛이 들어간다면
잊혀진 나의 어린 시절도 돌아올 것만 같다

유년시절
숯불 다리미로 주름을 쭉쭉 펴던 어머니
옥양목 치맛자락을 꼭 붙들라 했지

다가오는 뻘건 숯불이 무서워
끝자락 잡은 손이
나비 날개처럼 파르르 떨렸어

머리에 바른 동백기름인양 반듯하게 펴주던
어머니의 외출은 이제 소통불능인데

버려진 다리미 하나
구겨진 시간을 애써 다리고 있다

눈꽃의 유랑

스무하루 달빛이 해끗해끗하던 밤, 눈꽃들이 꽃잎처럼 바람에 나부낍니다 창밖을 보고 있으면 떨어지는 눈꽃도 섬 하나입니다 그 안에 당신, 여러 겹으로 분분하게 포개집니다 응달에 말린 무말랭이처럼 휘청거리던 나날, 검버섯 꽃핀 행간에 빽빽이 적어 넣은 날들이 물결을 이룹니다 어느새 덧정 생겨나 망울 추스를 때 긴 잠에서 깨어난 봄이 당신의 기척입니다 피난길 가슴에 묻은 자식, 밤의 선창에 눈꽃이 되어 내리서고 있습니다 두고 온 것이 얼마나 아렸을까요 여든넷의 일월은 하롱하롱 웅어리진 가슴입니다 마른 더덕 같은 목피, 달챙이 숟가락 같은 옹이, 그것은 당신의 견장입니다 나는 스멀거리는 그리움을 시선 끝에 내려놓습니다 당신의 묵주 속에서 사위어 가는 눈꽃들, 용서의 기억입니다 이제 하얗게 웃으며 고운 꿈으로 저물어도 됩니다 다가오는 봄은 당신의 것입니다

___ 제2부

도시 속의 섬

가로등 불빛이 지하도 계단을 따라
쏠려 내려가고 있다
어둑한 저편 골판지로 쌓아올린 섬
사내의 영역에서는 불빛도 절룩인다

자정 한 귀퉁이 어긋난 좌표로
표류하는 어깨 사이
무릎이 솟아 있다

시선이 차단된 작은 섬
더 이상 잃을 것조차 없어
온전히 배낭만 부표인 사람

한 차례 싸늘한 발목들이
웅성거리는 먼지를 휩쓸고 지나간다

새벽에 정박한 고요가 몸을 뒤틀며
고이 잠든 가슴팍에 파고든다
어디선가 하루살이들이 날아와
휘돌아 사라진다

사내가 점점 스러지고 있다

메타세쿼이아

길 양편 일렬로 늘어선 메타세쿼이아
성큼성큼 보폭을 맞추고 사열 중이다

한 시간을 걸어도 도로 제자리인 남이섬
햇볕이 나팔소리 울리며 몰려올 때
카메라 셔터가 무수히 터지고

공중으로 흩어지는 웃음소리
파랗게 찍힌다

하늘에 닿을 듯 큰 키로
마주보며 안부를 주고받는 나무들
바라보면 아득한 소실점이다

해질녘 사람들이 돌아간 뒤
허리에 찬 어스름이
발목까지 내려오면 점호를 하고
선 채로 잠자리에 들것이다

적막한 섬을 지키는 병사들
우듬지에 별빛을 걸어놓고
물길을 가르고 도착할 내일을 기다릴 것이다

막배가 들어오고 있다

동백꽃 피던 날

오래 망설였던 접시를 샀다
나는 식탁에 앉아 그윽한 눈길을 담고
희디흰 살결에 닿을 때마다
손끝이 설레었다

하얀 백색의 얼굴을 처음 보았을 때처럼
떨리는 손
그만 바닥으로 떨어트리는 순간,

쨍, 비명을 질렀다
처음으로 들려준 너의 목소리였다

어지럽게 널려진 선홍빛 핏방울,
결말이 손끝에 맺혔다
하얀 접시에 붉은 동백꽃이 피었다

산산이 부서진 이별은
한동안 후회로 서걱거렸다

한 송이, 두 송이
부엌 바닥엔 더 많은 꽃이 피었다
우리의 사랑은 애절하고
한참을 아렸다

낯선 누군가에게 건너간 마음처럼
봄비가 가늘게 울고 갔다

잡식성의 생존방식

수산시장에서 사온 아귀 한 마리
도마에 넙죽 엎드려 있다
아무리 훑어봐도 기이한 저 몰골

비늘도 없이 줄줄 흘러내리는 점액질
들이대는 칼이
미끄덩미끄덩 파고들지 못한다
손아귀에 그러쥔 아귀가
자꾸만 빠져 나간다

둥글게 턱에 두른 저 공포의 아가리,
다잡던 엄지에서
앗, 섬뜩한 선홍빛이 흘러내린다
수백 개 톱날이 꽂힌 이빨이
나를 노리고 있다

저토록 어마 무시한 비밀을 숨기고 있었다니
저 단단한 무기로 바다를 유유히 유영하며
식탐이 넘치는 커다란 입으로

얼마나 많은 포식을 했을까

토막 난 아귀가 도마 위에서
긴장을 풀지 않고 있다

구시가

태양이 고층빌딩 뒤편을 광구처럼
한 줄기 뚫고 있다 황막한 거리,
점포마다 입을 꽉 다문 문들

정오는 불황이다
음습한 어둠 속에서
간판은 찌그러져 있거나
쓰러져 있거나

골목마다 배고픈 그늘만 몸을 핥고 있다

보푸라기로 일어선 잡초들,
불규칙한 보도블록 틈 사이로
소름처럼 돋아 있다

빽빽하게 들어선 아파트들이
남향으로 출력되는 순간,
이곳은 폐광 되어버린 광산 같다
빈 자루 같은 고양이가 퀭하다

찢겨진 플래카드만
간신히 바람과 맞서고 있다

그녀의 아침

햇살이 통 창을 지나 거실로 걸어왔다
식탁 의자에서 긴 다리를 꼰 채
양지다방 김 마담처럼 요염하게 앉아있다
유리창이 허벅살처럼 희다

허락도 없이 주인이 되는 것들도 있다

소파에 누웠던 그녀가 문득,
냉장고 포스트잇을 들여다보고 하루의 목록을 점검한다
먼지를 삼키는 굉음이 앞서서
구석구석 그녀를 끌고 다닌다

몸들이 빠져나간 뱃가죽처럼 헐렁한 옷가지와
간밤에 벗어던진 양말짝들
세탁기에 우르르 들어가고
선택 받지 못한 신발들은
제 짝을 찾느라 현관에서 우왕좌왕이다

에디오피아 태양에서

방금 도착한 싱싱한 햇살에 자오록한 아침을 말리는 여자
오늘의 주인은 약속 시간을 기다리고 있다

입꼬리가 올라가는 정오쯤이면
앞집 옥상 화단에 핀 호박꽃도
노랗게 웃고 있겠지

봄을 연주하다

오월이 지휘봉을 들자
방죽 따라 새로 울짱을 친 어린 아카시나무
햇살은 깨금발로 한 음 길게, 한 음 짧게
폴짝폴짝 꽃잎을 두드린다

도 도 솔 솔 라 라 솔

바람이 나무의 현을 켜자
향기는 나뭇가지에 조랑조랑 매달린다
감상에 젖은 오후가 너울거린다

자욱하게 리듬을 타는 오월의 숭어리들
스치는 실바람의 옷깃에 옥타브를 올린다

강물에 은비늘이 반짝인다
바람도 연주를 마치고
안도의 숨을 고르는 아카시나무

햇살의 기립박수에
흰 꽃잎들 줄줄이 휘늘어지기 시작했다

봄 숨

산동네
휘어진 창살에 갇혀있던
비닐 한 장 기지개 켠다
좀처럼 속을 드러내지 않으려
꽉 다문 입술
바람에 조금씩 들썩이더니
고단한 지문들이
겨우내 언 몸을 풀고 나부낀다
벼랑 지나는 돌 틈마다
비집고 피어난 민들레
잠시 들른 햇살 사이로
깊이 들이마시는
봄 숨 한 모금
새로운 계절이 깨어난다

낡은 의자

오후의 볕을 쬐고 있다
가만히 앉아보니 중심을 떠안으며 삐거덕 거린다
약주 한 잔 걸친 곡조 같다
기억이 거나해진다

그가 불렀던 노래,
신고산이 우르르 화물차 떠나는 소리에...

방문 열면 늦은 밤 그 어깨가 보일 것 같아
귀를 열어 놓는다
으응 에미냐 다들 잘 있구 아픈 덴 없지
내 걱정은 마라 다 괜찮다
창틈 바람 소리가 전화선처럼 잉잉거린다

피난시절 나를 등짐 위에 얹고
걷고 또 걸었던 그가 의자처럼 삐걱거렸다
그 딸 시집가던 날
그리 많은 비가 내렸던가

있는 듯 없는 듯 항상 지척에서

묵묵하게 있어온 의자
이제는 앉을 사람조차 없다는 걸 알아차린 걸까
나사 풀린 관절이 끝내 결을 풀지 않는다

의자가 사랑한 사람, 그 방식대로
나는 그 윤곽에 귀 기울인다
반들반들해진 지문을 쏠어본다

마른 뼈대가 정물처럼 단아한 낡은 의자
나에게도 아버지의 연륜이 복사되는 순간
오늘도 아무 일 없었다는 듯
잠시 머물다 간다

저녁이 신고산 한 소절을 몰고 온다

금주 전날

휘청거리는 눈발이 진눈깨비로 주저앉는 골목
스산한 눈발이 창문을 때리고 있다
점퍼 차림에 모자를 푹 눌러쓴 사내가
가게 문을 열고 들어선다
사내의 떨리는 손이 때 묻은 동전을 건넨다
점퍼 주머니에 넣은 소주병이 목을 쳐들고 있다

이래봬도 왕년엔 이 주먹 하나에
몇 놈은 나가 떨어졌는데 에이 씨,
여자는 재방송 드라마 같은 말에
그 힘으로 정직한 일을 해서 돈을 벌어야죠

문을 나서는 그때 멈칫,
사내의 축 처진 어깨와 여자의 초점 없는 눈빛이
들뜬 보도 불럭이 밀어 올리는 부력처럼
정적 속에서 환하다

버리지 못하는 일념과
바로 섰으면 하는 기대가
정전처럼 찾아 온 그때

사내의 눈빛에서 그늘이 떨어진다
꾹꾹 눌러온 눈물 한 방울이 떨어진다

이젠 정말 끊어야지 오늘 까지만 먹고
반 지하 셋방으로 향하는 사내의 발걸음 뒤로
젖은 그림자가 발자국을 움켜쥐고 있다

파랑주의보

얼마나 더 기다려야 하는 걸까
돌아오지 않는 이름을 애타게 부르는 일
들리지 않는 귀도 있다

바다가 뒤집히고 막연한 불안이 치솟을 때
거센 물살이 내란처럼 밀려와
덧없는 기약을 백사장에 풀어 놓는다

검게 내려앉은 하늘
조바심 달고 흘러온 먹구름은
한 차례 비를 쏟으며 그의 부재를 확인하고
바다의 꼬리를 삼키는
테트라포드 틈틈마다 흰 위액이 솟아오른다

소화되지 못한 날들이 방파제에 널려 있다

먼 바다, 수평선 너머로 다가간 날들이
하루하루 녹슨 닻에 엉긴다

난간에 머리를 기댄 그녀

도우소서, 기도의 한 귀퉁이 잡은 두 손이
가늘게 떨린다

무국적 신들이 시퍼런 파고를 되새김질 하고 있다

세밑 폭설

폭설 내리는 늦은 밤 퇴근길

욕심으로 채운 파일과
교만을 빼곡히 적은 수첩이 가방에 있었습니다

어둡고 긴 골목 지나쳐 갈 때
문득 발길을 멈췄습니다
담장 옆 가로등 하나
밝은 테두리에 눈송이들을 가득 품고 있었습니다
그 속에서 당신을 만났습니다

북북 그은 진눈개비였다가
다시 굵은 함박눈이 되어가는 그 시간
당신은 무던히도 나를 기다려 주었던 건 아닐까요
사직서 같은 검은 공터도
눈을 감으면 다 같은 세밑

다시 눈을 떴을 때 보이지 않던 길이
당신에게 있었습니다
부끄러운 속내 들킨 것처럼,

두근거리는 기억을 지우며
낮은 자세로 무릎을 꿇으라고
더 공평하게 이 밤을 맞으라고
하염없이 함박눈이 내리고 있었습니다

가시학개론

목구멍에 깊숙이 자리 잡은 가시
꼬리 흔들 듯 가시는 상처를 키우면서
살점을 파고든다
디룽디룽 식도의 어망에 걸려
하루가 아리다

도마에 오른 조기
등뼈를 박차고 나온 잔가시 하나
몸의 한편을 내어준
통점이 출렁인다

뿔긋뿔긋 염장을 지른다
앓을수록 점점 따끔거리는 목
컥, 소리를 내질러도 의연한 가시

결국 집게 하나
입안을 헤집는 순간
자맥질하던 거스러미가 고요해진다

가시 하나 나를 키우고 살았다

오래전 내 안에 가시 같던 사람,
이제 그만 놓아 주어야겠다

그 집을 떠나며

지붕이 웅크린 관절을 펴고 있습니다
삐걱거리는 제 안의 것을 감싼 마디들,
구석에 박혀 빈둥거리던 고요가
빗소리를 듣자 선뜻 자리를 내어줍니다

뒤틀린 문짝이 숨겨둔 날개를 펴는 순간
바람의 이야기가 시작 됩니다
먹구름은 무릎을 찧으며 다가와
허둥대던 개미들을 그늘로 몰고 갑니다

길가 쓰레기통 언저리
누군가를 받들던 지붕하나
주어가 빠져있습니다
떠나온 게 아니라
결말로 들어온 것입니다

낯익은 골목에 들어서자
소나기가 먼저와 울고 있습니다

야윈 어깨처럼 천장은

습기를 품고 조금씩 휘어집니다
우산 속에서도 젖어있던 어머니
눈동자 가없이 흔들립니다

버스름을 공유하다

누울 때마다 오지끈거리며 나를 받아주었던 마루, 가장 낮은 곳일수록 바특이 무게를 견뎠을, 머리에서 발바닥까지 맞댄 너는 나보다 더 내 굴곡을 알고 있었다 가끔 반질반질 닦을 때마다 뻐끔난 구멍에서 웃음이 새어나왔다 등을 맞대고 누운 날이면 졸음 속으로 눈이 네 개 달린 부엉이가 날아와 앉았다 커다란 나무였던 적이 있었다고 365개의 잎을 흔들어주었다 어쩌면 너는 나를 만나기 위해 조금씩 제 키를 줄여왔는지도 모른다 해마다 줄어드는 나의 키가 나이테에 새겨질 즈음 등짝은 서늘해지고 뒤척일 때마다 무질서가 꿈틀댔다 한동안 잘 지탱해주던 네가 언제부터인지 삐거덕거렸다 몸을 일으킬 때도 끙, 앓는 소리를 냈다 너도 함께 버스름한 한때를 지나고 있었다

뒤안길

7호선 이수역 지하도
낡은 비닐 한 장 좌판 삼아
더덕을 펼친 할머니
한평생 더덕 같은 고단함을
하얗게 벗겨내고 있다

햇빛 한 꼬집 들지 않는 한 평의 둥지
욱신거리는 관절 속으로
팔리지 않는 시간이 흐르고

모두가 분주한 발걸음
혹여나 기다림의 그 눈빛 깊기만 한데

할머니의 굽은 등에서
아직도 벗기지 못한
거친 더덕 한 뿌리 자라고 있다

공터의 현기증

고요의 살던 공터가 분주하다 항타기가 말뚝을 내리칠 때마다 먼지들이 풀썩 치솟는다 어느새 철근과 콘크리트가 지상을 가로지르고 바닥의 햇빛을 퍼 올려 고층 창문에 물려놓는다 타워크레인이 공중을 휘돌면 연신 돌아가는 레미콘도 제 안의 것을 다 토해놓는다 귀를 어지럽히는 고속 절단기에 기둥은 공중을 단단히 끌어안는다

공사장 안전모는 수신호에 예민하다 인부들의 보폭이 공사장의 규범이다 저 거대한 위상, 저 능숙한 낙폭, 우리가 알지 못하는 어떤 힘이 있어 저토록 아찔한 현기증을 매달까 위협적인 상공을 오르내리는 엘리베이터 건물의 살붙이들이 실려 있다 한 층 한 층 무력으로 쌓은 저 아파트, 허공도 안식처가 되려나 날마다 높아지는 고도가 처연해진다

___ 제3부

수혈

    태풍에 뿌리 뽑힌 노송 비스듬히 누워있다 움푹 파인 흙
이 뿌리를 놓치고 구덩이로 남아있다 반쯤 부러진 가지에
누렇게 뜬 바늘잎이 바동바동 붙어있다 마른 줄기에 남아
있는 근심이 비죽비죽 삐져나온다 새들도 깃들지 않는 저
나무, 개미만 분주히 흙을 물어 나른다 일어설 힘이 없는
휘어진 밑동이 바람결에 삭아간다 시간에 파먹힌 우렁이껍
질 같은 목피, 곰삭은 뼈대에서 더 이상 우러날 진액이 없
는 것일까 퀭한 우듬지가 허공만 바라보는 한낮, 그나마 버
틸 수 있는 힘은 간신히 푸른 잎을 끌어안은 여린 가지 때
문일 게다 잔뿌리 실핏줄 하나도 버려둘 수 없다고, 좀 더
버텨달라고 봄비가 마른 뿌리에 종일 수혈을 하고 있다

곰삭다

아득한 바다 속에서 실종된
빙하처럼 눈부신 은갈치
어느 손끝이 바다를 해체해 내장만 발라 놓았나
아직 소화되지 않은 조기 새끼 한 마리
고스란히 위에 갇혀 있다
그러니까, 갈치는 먹이를 삼킨 직후
또 누군가의 먹이로 붙잡혀 온 셈
미처 위액에 삭지 않은 저 조기는 덤이다

컴컴한 입 속으로 들어갈 때 얼마나 두려웠을까
큰 물고기를 조심하라는 어미의 당부를 잊어버린 새끼
물고기 뱃속에 들어앉은 요나처럼
등지느러미가 가지런하다

바다가 키워온 내장이
소금을 만나 썩지 않고 곰삭은 맛이다
바다는 또 하나의 바다를 품고 비로소
또 다른 바다가 되는구나

한때 염장 지른 듯 짜디 짠 내 속도

어쩌면 철들지 못한 말이 들어있을지 몰라
곰삭지 못해 응어리가 됐을지도 몰라
나는 갈치속젓을 한 젓가락 들어 올린다
실종된 마음 하나 짭짤하다

결행

밤바람은 처절했다

등대가 켜놓은 방파제
녹슨 말뚝에 목선 하나 묶여있다
바다는 일갈처럼
너울을 끌고 온다

시작과 끝을 알 수 없는 저 웅얼거림,
작은 목선은 물결을 트지 못하고
제 깊이를 놓치고 출렁거린다

한껏 치켜 올린 물살을 받아내느라
밤새 목이 쉰 포말에 흠뻑 젖는다

새벽이 숙연히 눈을 감는다
해안선의 통성은 거칠다

무리지어 갈매기가 토해내는 고해들,

바다가 닻을 끊으려 달려들자
안간힘으로 버티는 목선

기도가 어스름에 닿았다

463번 버스라는 채비

자정 무렵 버스를 기다린다
붉고 푸른 선명한 숫자가 번갈아 시소를 탄다
귀가 채비를 마친 사람들
찌를 바라보듯이
시선은 한쪽으로 고정되어 있다
휘어진 낚싯대를 당기듯이
몇 정거장 전의
버스가 줄줄이 딸려오는 상상,
누구는 김 서린 안경에
누구는 주머니 속 핫 팩에 얼어붙은 마음을 녹이며
휭 하니 스쳐가는 성근 바람을 견디고 있다
버스는 어느 사거리에서 계류 중일까
마음의 파문은 번져가고
한 틈도 내어주지 않는 차간 거리에서
오락가락 뜬 구름 잡듯 기다림이 허우적거린다
끊어진 길의 마디,
어디쯤에서 다시 이어질까
노선을 낚아 돌아가는 사람들
기다림은 줄어들고
머리 위 전광판은 내 눈길을 수시로 당긴다

입들이 먹고 자라는 나무

쉴 새 없이 새들이 드나들며
세상의 소리를 물어 나릅니다
숲속의 나무에는 거친 입술들이 자라
가지는 흐드러지고
햇살 하나 물었다 싶으면 잘근잘근 씹으려 듭니다
성난 입과 입이 부딪치면
나무가 휘청휘청 몸살을 앓습니다
엑스레이 지나가듯
벌떼 사이로 플래시가 번쩍 터져도
어느 입인지 밝힐 수가 없습니다
상처 난 입들은 둥둥 떠다니다가
다시 나무에 찰싹 달라붙습니다
출처도 모르는
하나의 입이 열 개, 백 개로 번식합니다
자기 입이 맞다고 들썩거리는 입들로
소문이 무성한 나무는 가지가 휘어집니다
입들은 늘 시끄럽습니다
나무가 잘 자라도록 거름이 되어줄 입은
어디에 있을까요

커피 한 잔의 눈물

검은 대륙
커피벨트에 갇혀 콩을 따는 아이들

뒤꿈치 들고 가지를 휘잡을 때마다
중심이 휘청거린다
붉고 쓰디쓴 열매는
주린 배를 채우는 유일한 양식이다

감시에 묶인 아이들의 눈망울에 어떤 꿈이 남아있을까
피곤으로 갈라진 입술이
노동요를 흥얼거린다

짊어진 망태기에 늦은 오후를 채울 무렵
눈물보다 진한 저녁놀이
뻐근한 등줄기에 번진다

동전 몇 닢이 하루의 노동을 걸러낸다

커피머신을 타고 흐르는
지구 반대편의 씁쓸한 맛

아이의 검은 눈망울이
이곳까지 따라와
커피 잔에서 흔들리고 있다

야드 세일

버지니아 싱글 하우스
한 가정의 묵은 냄새가
비대한 주인의 몸집에 들려
잔디 마당으로 나왔다

구형 TV, 청바지, 커피포트, 의류, 신발 등등
세간이 난전을 차리고 있다
어쩌다 이별을 작정했을까
함께한 시간들, 지우지 못한 체온과 지문들이
한낮 햇볕을 받으며 무료하게 반짝인다

가정의 내력을 필사하던 것들
손때 낀 흔적조차
이제는 불필요한 과거일 뿐

야드 세일, 낯선 눈동자들이
분주하게 판독하고 있다
남아있는 가치가 환산되는 동안
주인은 홀홀 기억을 털어낸다

하나하나 분산되는 물건들
누군가
그 세간을 장바구니에 담는다

추억이 환승되는 순간이다

이게 뭐야

난생 처음 로또라는 걸 샀다
분명 내 의지가 아니었다
충동질 시킨 건 난분분 하얗게 웃던 벚꽃 꿈
봄에 당첨된 나무에 저리 많은 꽃잎이 날리다니
꽃잎 하나 손바닥에 닿으려는 그때
주술에서 풀린 듯 마당 밖 벚나무가
아침 망울을 터트리기 시작했다

나는 구름 위에서 느릿느릿 걸었다
벚꽃 하얗게 눈 흘기는 너머
아프리카에 튼튼한 교실 지어주고
목마른 아이들에게 맑은 우물 파주고
그리고 또, 또,
막내딸 꿈을 이뤄주는 선심이
틈새를 비집고 꽃물결을 이뤘다
다시 숫자를 살피는 순간

웬일일까, 화면은 엉뚱한 숫자에서 흐무러졌다

에이 씨!

알파벳 소리가 길게 이어질 무렵
적당한 말이 생각났다
세 살짜리 손자에게 배운 말
이게 뭐야

절뚝이다

중심을 잃고 기우뚱 거린다
언제부턴가 돌 하나가 파고든 것이다

구멍 난 몸, 뾰족한 돌멩이가 무릎을 찌른다
마음이 먼저 절뚝인다

단단한 상징이라도 되는 걸까
살 비비며 저물도록 견뎌온 걸 증명이라도 하듯
이제는 두 다리를 조금씩 깎아내고 있다

걸을 때마다 퇴행의 신호를 보낸다
거침없이 내달렸던 시간들
함부로 소비한 젊음을
거듭 확인하라는 듯

제자리 아닌 곳에 둥지를 튼 살림처럼
불균형이 남은 생을 밀어 붙인다
닳고 닳은 자리
돌 하나쯤 간직하며 살아가라고

지키지 못하고 내려놓은 신념처럼
쓸쓸하게 터를 잡은 통증,
옛일이 버거울 때마다
몸이 몸을 자꾸 놓치고 있다

용산역에는 구름도 행렬입니다

한국전쟁 70주년
전쟁의 참상을 증언해주는 용산 전쟁기념관
아직도 전시실에는 포성이 들리고 있습니다
구멍 뚫린 철모는 개머리판을 끌어안고
어느 무명용사의 돌무덤에 세워진 십자가는 처연합니다
흑백사진 속의 초소, 가로막힌 철조망
기관총, 탄피가 즐비하게 철조망을 지키고
전 재산인 보따리를 이고 짊어진 긴 행렬
부모 손을 놓친 아이들의 울음이
6월의 하늘에 핏빛으로 퍼져 나갑니다
진남포에서 피난길에 오른 나의 다섯 살도
그 행렬에 끼어 엄마를 애타게 부릅니다
총성과 폭격이 펑펑 터지는 불길 속에서
남쪽을 향해 한없이 걸어야 했습니다
고무신이 다 해지도록 걷고 또 걷다
업은 아기의 기척이 없어 포대기를 들춰보고서야
홍역을 앓던 중 죽었음을 알게 된 어머니
삽을 빌려와 흙을 파고 아기를 묻었습니다
차마 걸음이 떨어지지 않아 발버둥 치며 통곡할 때
나는 그때서야 동생을 볼 수 없다는 걸 알았습니다

밤이면 빈집으로 모여든 피난민들
웅크린 채 잠들었던
배고픔과 두려움으로 떨던 그 밤을 잊지 못하는데
철조망은 무너지지 않고
어느새 일흔 번의 6월이 왔습니다
달챙이 숟가락 같이 닳고 닳은 아픔
아직도 실향민이란 이름으로 남아있습니다
죽은 자식을 묻은 마른 더덕 같이 버석거리는 손
문드러진 손톱은 어머니의 이력입니다
당신의 묵주에 꿰인 생각들은 언제쯤 삭위어 갈까요
전시장을 나서는 6월의 하늘이 푸르기만 합니다

질주하는 말

그녀의 입 안에는 브레이크가 고장 난 속도가 잠복해있다
누가 있건 말건
부르릉거리는 폭주가 조마조마하다

나는 벽 쪽으로 바짝 붙어 곁을 주지 않았지만
갑자기 껴들어
자신을 외면한다고 걸어대는 시동
격양된 감정은 팝콘처럼 사방으로 튀었다

타이어보다 질긴 고집과 악다구니
액셀을 밟는 바람에
금방이라도 뒤집힐 것만 같았다

참다못한 나는 혀에 묶어둔 체인을 풀었다
거침없이 분노가 풀려 덜거덕덜거덕
그녀와 충돌했다

빠르게 수습했지만 자꾸 가슴이 서걱거린다
나 또한 그녀가 아니었을까

털털거리며 돌아와 질서를 무시한 흐트러진 감정을

거울 앞에 세운다

오토바이 한 대가 자정을 질주해갔다

그리 할지라도

어둑한 굴다리 한편에 펼쳐진 좌판
차들이 지나칠 때 천장 울림은
노인의 한쪽 다리로 전해진다
절룩이며 무우 단을 들어 올리는 저 힘
오랫동안 그늘과 곁이었다는 듯
굴다리 안을 휘젓는 바람에도 아랑곳하지 않는다
담요 한 장 뒤집어쓴 오후 5시,
기도문 외듯 채소들이 가지런하다
겉옷이 푸른 배추 서너 포기
서열을 가름하고 있다
어쩌다 멈춘 발걸음에 인심까지 얹어
비닐봉지 쥐여주면 그제야 한번 허리를 편다
시큰거리는 파장이 다가오면,
며칠 굶은 고양이 뱃가죽처럼 헐렁한 전대를 풀어
손끝에서 세어지는 지폐와 동전
늦은 한 끼 들기 전에 해야 할 하루의 셈이다
식기도의 손짓이 오간 무릎 밑에는
지문으로 낡아버린 성경책이 있다
파수꾼처럼 묵묵히 자리를 지키는 저 말씀,
누덕누덕한 삶에도 기쁨이 있다고
노인은 감사의 기도를 올리고 있다

새벽 4시 무렵

새벽이 광막한 잠에서 걸어 나오고 있었다
불면을 오르던 낙타 한 마리
제 그림자를 밟고 서 있었다
끝없는 지평선을 뿌옇게 흐리는 모래바람처럼
시야를 가린 시는
이불 속에서 간절했다

모래알 같은 문장들이 한 줌 생각에서 흩어져갔다
꿈밖으로 내쳐진 가수면
얼마나 더 유랑해야할까
밤의 속살을 물어뜯은 전갈이 꿈틀거렸다
치명적인 독,
내 안에 시가 도사리고 있었다

그 지병으로 나는 내가 무색해졌다
밤새 황량한 별들
애써 불러들인 구름은 다 어디가고
어둠속에서 어떤 행간을 들여다보고 있는가

광막한 시가 새벽 네 시에 취해 비틀거렸다

여름 습작

어둠이 작정하고 날개를 키웠다
이천여 일을 기다려
드디어 나무 밑동에서 전갈이 왔다

겹눈이 돋아나고
숲은 녹음으로 개명을 서두르고
뿌리를 거슬러 올라
그는 우화로 개명을 한다

속울음을 끝없이 데우는 동안
나무의 귀가 열린다

보름간 여름의 문장을 달달 외운다

귀에 쏟아지는 한여름의 시어들
하지만 나는 그 깊이를 길어 올리지 못한다
찬바람이 불기 전에 치열하게 나를 내몰아야 한다

매미는 한사코 태양을 받아 적고 있다

리모델링

내 입안에 여러 개의 방이 있다
60년을 넘기다보니 흔들리기 일쑤,
의사는 국자 모양의 거울로
구석구석 살피다가 임플란트를 권한다

수많은 음식들이 거쳐 간 이에는
긁힌 흔적이 역력하다
버티다 버티다 삐걱,
끝내 통증으로 욱신거리는 잇몸
심란하다

방치해 두었던 무심이 나를 옥죄었다
무언가 뜯어내는 소리, 망치소리, 드릴소리,
나는 내부공사의 리모델링을 생각한다

부실했던 어금니를 보존하기 위해
뚫고 헤집어 두 개의 나사 기둥을 세웠다
마지막으로 지붕을 덧씌우자
거울 속 입 안이 환해졌다
6개월 만에 끝난 대장정의 공사였다

파란 트럭

천막과 천막 사이로 저녁놀이 주차해온다 웅성거리는 장터가 덮이고 있다 파장이다 파란 트럭 짐칸 지렛대가 실리고 떨이가 되지 못한 풀죽은 야채들 허겁지겁 서로에게 섞인다 빈 장바닥에는 어스름이 슬금슬금 자리를 편다

오늘은 좀 판겨, 별 재미 못 봤슈, 그랴 낼은 좀 팔리것지 시장헌디 어여 밥묵자, 노파의 위로가 귀퉁이 떨어져 나간 밥상 위에 앉아있다 낮은 천장의 알전구 불빛이 부르르 시동으로 흔들릴 때, 뒷바퀴에 괸 벽돌 한 장 근심으로 묵직하다

사내가 김치 한쪽 찢어 노파의 숟가락에 얹는다 트럭 엔진이 조금 따뜻해졌다

거듭나다
- 충화와 은채 침례 받는 날

내 안에 기도가 꽃이 될 때까지
십여 년간 거름이 되어 주었지

응답이 받들어졌을까
싹 하나 틔었는가 싶더니
어느새 벙근 꽃대가 되었구나

어머니 양수처럼 포근한 물속에서
새롭게 태어난 너희 주위로
떨림이 환하게 에워쌌지
너희를 지명하여 부르신 분이
영원토록 너희와 함께 하시리라

내 딸 충화야, 내 며느리 은채야
말씀을 꽃잎에 겹쳐 고은 햇살 받으며
깊이깊이 뿌리내려 믿음의 키를 키우거라
오늘 같이 마음 만개한 날
기쁨이 번지면 눈물에도 향기가 난다

제4부

귀를 두고 내렸다

저녁 모임이 늦게 끝나 서둘러 개인택시를 탔다 갈 길은
먼데 신호등이 번번이 길을 막는다 중년의 기사는 뒷자리에
앉은 나를 힐긋 보더니 조심스레 묻는다 손님은 자녀가 몇
이예요? 내 대답을 듣자마자 기사는 쉴틈 없이 말을 한다 혼
자 몸으로 없는 살림에 큰아들 박사 만들어 결혼 시켰더니
바쁘다는 핑계로 일 년에 얼굴 한두 번 보기 어렵다며 자랑
인지 푸념인지 늘어놓는다 대학도 못 보낸 작은 아들은 월
급날이면 용돈도 주고 아침 일찍 일어나 차도 말끔히 닦아
준다며 칭찬인지 안쓰럽다는 얘긴지 계속 말을 잇는다 애
비 노릇도 못 했는데 작은 놈은 효자 노릇을 하고 공들여 키
운 큰놈은 글쎄, 회사 근처로 이사를 가야하니 내 집 담보를
잡혀 달라지 뭐예요 큰놈 덕 보기는 아예 글렀는가 봅니다
기사의 한숨 소리가 공회전 소리만큼 크다 얼마나 괘씸하고
서운했으면 손님인 나에게 하소연을 할까 나이 지긋한 나를
보니 자기 심정을 알아줬으면 하는 것 같아, 너무 서운타 생
각 마세요 제 자식 하나 낳으면 부모 생각 할꺼예요 철이 늦
게 드는 자식 있잖아요 그래도 작은 아드님이 형 노릇까지
하는 효자이니 행복하신 거죠 위로가 될지 모를 말을 주섬
주섬 대꾸해주다 보니 어느새 집앞에 도착했다 더 들어줘야
할 말이 아직 남은 것 같아 내 귀를 두고 내렸다 계단에 올
라설 때까지 택시는 그대로 서 있었다

묵혀둔 안부

당신의 흔적을 간직하고파
하얀 와이셔츠 한 장 옷장 깊숙이 넣어두었지

묵은 옷 정리하다 문득,
당신을 향한 마음
구김 펴고 줄 세우고 싶었어

내 기억 속 당신은 아직도 분무기 속인데
나는 잔주름을 늘려가고 있네

남은 열이 사라진 세상은 되알져
나조차 어딘가 눌은 채로
놓여진 것만 같은데

당신이 남기고 간 세 아이가 있어
보란 듯 고루 펴주며 살았지
어느새 그 가을이 마흔 번 쯤 다려졌구나

조금은 떨리는 손으로
낡은 스팀다리미 꺼내 옷을 다렸어

몸 안에 지닌 물의 숨통 트이는 소리가
셔츠에 노란 물을 들여버렸지

잊지 않았으니 괜찮다고 속삭이듯
꼬여진 선을 타고 녹물이 흘러내렸어

그렇구나
내 가슴 속에 식지 않은 열이
아직 남아 있었구나

내 안 꾹꾹 눌러 놓았던 눈물이
뚝뚝

셔츠 위에 안부처럼 점을 찍고 있었지

1983년 그해 여름

라디오에서 어느 여가수의 노래가
바람처럼 날아와 그날을 떠올리게 한다

누가 이 사람을 모르시나요...

확성기에서 흘러나오는 애절함이
여의도 만남의 광장을 울리던 그해
이산가족 캠페인,
지울 수 없는 그리움은 눈물을 싹 틔우고
사람들은 희망을 안고 광장으로 모여들었다

내 아내를 찾습니다, 내 딸 이 영순 어디 있니

빼곡히 메운 이름들
벽과 바닥에 도배되어 있었고
피켓을 들거나 샌드위치맨이 되어
징을 치며 걷는 뒷모습이 아렸다

생사를 알 수 없는 북에 두고 온 가족들
아버지는 경황없이 서두르다
가족사진 한 장 챙겨 오지 못해 늘 아쉬워했다

하얀 천막을 친 평안남도 부스,
진남포라는 팻말 앞을 떠나지 못하던 아버지
낯익은 이름은 어디에도 없었다

내가 죽더라도 통일되면 고향을 잊지 말고 찾아가 보아라
구부정한 등이 주저앉을 듯
쓸쓸히 되돌리던 발걸음이 휘청거렸지

총성과 폭격이 난무하던 전쟁,
아버지 등짐 위에 얹혀 피난 나오던 나의 다섯 살이
어느덧 노년에 접어들고 있는데
아직도 철조망은 당당히 버티고 있다

두물머리로 흐르는 한강과 임진강
남과 북은 언제쯤 두물머리가 되려나

창가에 비둘기 한 마리 푸드덕 날아간다

모과차

해와 달을 제 안에 넣어
노랗고 푸르스름하게 둥글어지는 모과,
바람 자락 더 이상 간직할 수 없어 내뿜는 향기
집안 가득하다

과일전 망신이라는 말처럼 울퉁불퉁
데퉁스러운 몸

가지 하나 틀어쥐고 키워온 몸뚱이
어찌 단칼에 잘릴 수 있냐며
칼날을 물고 놓지 않는다

며칠 놔두면 제풀에 순해진다기에
긁힌 채로 열흘쯤 달래놨더니 검버섯이 피어있다
이젠 좀 노곤해졌을까

체념한 듯 순순히 칼날을 받아들여
뚝뚝 잘라지는 살점,
그 안에 품었던
해와 달, 바람도 함께 썰려 나왔다

따뜻한 모과차 한 잔 마시며
시 한수 떠올릴 요량에 채반 가득 썰어 놓았다

도마는 어느새 상큼한 모과나무 한 그루가 되어 있었다

사진첩

과거가 옹기종기 모여 사는 집
한 권의 기억이 두툼하다
삐걱거리는 대문을 열면 부모님이 거하는 안방이,
다음 장을 넘기면 내 가족을 품어준 건넛방 달려온다
여기저기 끼워진 사랑채 웅성거리는 객식구
연락되지 않는 이 친구는 지금 어디에 있을까
어쩌다 한 번씩 손가락으로 잡히는 얼굴들
낡고 후줄근한 모습이 선하다

불을 지피지 않아도 언제나 훈훈한 사각의 방
청국장 뜨는 냄새 같이 정겨운 이곳엔
초침이 거꾸로 돌아가는 시계가 걸려있다
그날을 되감는 태엽처럼
문득 풀려나는 눈빛들,

그래 그때는 그랬었지
봄날처럼 마냥 풋풋했던 우리 아이들
어느새 반백이 되었고
고물거리는 손주들 재롱이 스티커처럼 붙어있다

이팝꽃으로 하얗게 웃는 남편,

빛바랜 흑백 사진첩은 시간을 거꾸로 돌려
암막커튼 같은 주름을
단숨에 지우고 있다

손목시계

휴대폰에 밀려 여러 해 동안 서랍 속에 방치해 두었다
아버지가 생전에 사주신 손목시계
한때는 내 손목을 휘감고 시시각각 눈빛 주었는데
숨이 멎은 시간은 정오인지 자정인지
12시를 가리키고 있었다
나의 시선에서 벗어나
시작과 끝, 그 한정된 시공간에 갇힌 세 침들
어둠속에서 외출하기를 얼마나 기다렸을까

시계수리 점에 찾아가 사인을 물었다
단안경을 쓴 수리공은 작은 핀셋으로 내부를 뒤적이더니
아하 너무 오래 재워 두웠군요, 한번 깨워 보겠습니다
부식된 부품 갈아 끼우고 기름칠 하고나니
긴 잠에서 깨어난 초침이 부르르 떨었다
시계는 오래 기다렸다는 듯이
아버지의 사랑을 기억하라는 듯이
내 손목을 붙잡고
맥박이 뛰는 원형의 시간을 향해 다시 뛰고 있었다

스치다

사과를 깎을 때마다
뚝뚝 잘라낸 껍질에서
어머니 핀잔이 묻어난다

서툰 칼질에 베인 손
동백꽃 지듯
툭
떨어지는 핏빛 송이
하얀 속살로 번져가는
선홍빛 목소리
열린 창문 사이로
시간의 뒤란 그림자 하나
설핏 바람에 스치다

외출의 공식

모임에 가기 위해 거울 앞에 앉았다
민망한 얼굴이 측은하게 나를 보는 것 같아
파우더를 입히고 붉은 립스틱을 발라준다

거울은 나를 잠시 들여다보다가
화장대 위 가발을 가리킨다
훤한 정수리를 가려야 한다고
진짜 같은 가짜로 감추어야 한다고
내 손을 잡아끈다

머리칼을 두 손으로 받쳐 들다가 문득,
인도네시아 어느 가발공장을 생각한다

누군가의 머리에서 수거한 머리칼은 일련의 과정을 거쳐
식모*반으로 옮겨졌겠지 넓은 작업장 수백 명의 숙련공에
게는 입이 필요하지 않겠지 다만 숨소리만 정밀한 집중에
사용되지 한 올 한 올이 손끝을 끌고 가다보면 어느새 촘촘
한 머리칼이 달리지 빈 두상은 점점 매듭의 망을 따라 숱 좋
은 머리채가 되겠지 선풍기조차 틀 수 없는 작업장은 한낮
의 열기로 뜨겁겠지 하지만 날카로운 바늘만은 들여다 보는
눈을 서늘케 하지 3만 여 번의 고된 손놀림이 가족을 추스

르는 거겠지 그 일그러진 손들이 세상의 나이를 전지해주는
거지

　　거울 속에서 가발이 머리 위에 오르는 순간
　　어딘지 풍성해 보이는 자신감이
　　나를 세우게 한다

　　내게서 빠져나간 머리카락이
　　어딘가에서 배웅하는 것이어서
　　나의 외출에는 반지레 윤기가 흐르는 것이다

*정제된 머리칼을 가발로 만드는 부서

그 해 가을

나뭇잎이 사그락 대는 소리 스산하다
한 사람이 떠난 자리에
하얀 구절초가 하늘거린다

어디서 날아와 꽃을 틔운 것일까
아! 당신이었구나
여린 줄기 쥐고 글을 쓰고 있었구나

하나의 꽃으로 완성된 시(詩)여
흙 담가 너머 허드렛불 타는 들판*은
당신의 노트,
태양은 홀로 징을 치며 제 길을 가는데
나는 왜 이 오후가 낯설어지는지

눅신한 육신이 버거워
서둘러 내려놓은 곳에
구절초 시 한 편 피어 있네
꽃잎에 고즈넉이 앉은 고추잠자리
당신이 쓴 시를 필사하고 있어

야윈 바람을 끌어와 산그늘에 채우는 건

당신을 자꾸 떠올리는 일,
쓸쓸한 한 자락 마음을 풀어 놓네
한줄기의 연기**처럼 떠나간 당신 앞에서

*이덕영 시인 시, 「한여름의 回歸에서」

**이덕영 시인 시집

월동준비

속을 알 수 없는 배추
벗겨도 벗겨도 뽀얀 시치미만 뗐지
단칼에 반을 자르니 그제야 노란 진실을 보여줬어
그 알심 채우기 위해 얼마나 많은 낮밤을 쟁여 넣었을까
갈피마다 소금 뿌려놓고 숨죽기를 기다렸지
꺾이지 않던 기세를 가만가만 다독이는 인내가 필요했어
풀 죽은 배추를 맑은 물에 씻고 채반에 얹었지
갖가지 양념으로 버무린 속을 네 몸 구석구석 발라주자
수줍은 듯 빨갛게 웃고 있었어
푸른 겉잎으로 꼭꼭 여며 항아리에 넣었지
한 잠 푹 자라고, 때가 되면 너를 깨울 거라고
뻐근한 어깨와 허리를 짚으며 왜 엄마가 생각났을까
그 옛날 연탄과 쌀독을 그득히 채우고
김장까지 끝내고 나면 엄마는
겨우내 등 따습고 배곯지 않아 부자 같다 하셨지
맞아, 나도 이제 부자가 되어
느긋이 이 겨울을 누리면 돼
엄마의 손맛처럼 입맛을 사로잡는 한 포기로
밥 한 사발 뚝딱 해치울 생각에
마음 꾹꾹 눌러 내 안 가득 채웠지
이제 겨울 추위가 몰려와도 끄떡없다고

불콰한 과수원

부연 구름이 산 중턱에서 흘러내리고 있다
텁텁한 나무들,
어질어질 갈피를 잡지 못한다
계곡을 에돌아 오는 컬컬한 저 걸음,
아무래도 바람에게는 우리가 알지 못하는
저음의 성분이 있는 건 아닐까
한 여름에 가득 담긴 폭풍이
횡설수설 흔들어놓은 과수원,
나무 등걸에 걸린 목젖 잃은 열매들이
가뭇없이 떨어져 내린다
찢겨진 비닐조차 버스럭버스럭
취기로 나부길 때
번개는 찰나의 소실점,
아버지가 걸어오고 있다
한차례 몸을 휘돈 알코올 푹푹 뿜으며
갈지 자 걸음으로 온다
붉은 낯의 사과들 소란해진다
한바탕 바람이 지나간 뒤
아버지는 언제 그랬냐는 듯
껄껄껄 주머니에서 저녁놀 하나
꺼내놓는다

낙타의 눈물*

몽골의 한 낙타가 난산 끝에 출산을 했어 마치 내가 첫아이를 낳을 때처럼.

그 고통 때문에 제 새끼를 거부했지. 고통이 모성을 뛰어넘었지.

안타까운 주인이 마두금** 연주자를 데려와 위로를 했지. 그 악기는 사람의 성대보다 더 고왔어

노래가 짐승을 쓰다듬을 때 긴 속눈썹에서 눈물이 주르륵 흘러내렸어.

낙타는 그제야 품을 내어주었지. 배고픈 제 새끼가 보였던 것일까. 새끼처럼 울어주는 음악에 낙타는 무릎을 낮추었지.

옹이가 되어버린 낙타의 무릎, 숨 고를 새도 없이 캐러밴의 행렬 따라 사구를 오르는 걸 생각해보면, 모래폭풍처럼 출몰하는 고통들, 몸을 움츠리게 하는 슬픔들,

내 안에도 사막이 있어 나는 어쩌면 한 마리 낙타가 되어

오늘을 걷고 있는지도 몰라. 긴 다리의 그림자가 금빛 모래 화폭에 펼쳐지듯 서럽도록 아름다운 이 生이 명치끝에 있는 거지.

늦은 밤 사막에 뜬 별이 캄캄한 영화관으로 쏟아지고 있어. 애잔한 음악이 쓸어주듯 나를 들어주는 건, 내 울음이 그 밤하늘에 다다랐기 때문이야.

*비암바수렌 다비아,루이기팔로니 감독 영화

**몽골의 전통 현악기

죽방멸치

물살이 드나드는 좁은 물목
난류를 타고 거친 물살에 끌려오는 은빛 멸치들
매복 중인 대나무통발
입구는 있어도 출구는 없다

비늘 하나 다치지 않고 고스란히 거두는
남해 지족항 죽방렴

봄이 오면
바다도 살이 찌고 단맛이 든다

포장된 바다
영롱한 은빛이 감도는 비늘에도 격이 있다

차별과 차이에서 명품은 돋보이는지
셀로판지 덮인 종이관

대나무통발에 갇힌 혼란은 사라지고
가지런히 누워있는 질서만 남았다

다시 피고 있었다

한동안 잊고 있었던 마른 꽃을 본다
벽에 걸린 채 나를 기다렸다는 듯

한때 실핏줄 하나하나에도 촉촉이 물 올랐겠다
비와 바람에도 꺾이지 않으며 향기를 키웠겠다
뿌리가 잘려나간 후에도 꽃대는 결연히 버텼겠다

공중의 습기까지 끌어와 가늘게
꽃을 받치고 있는 저 힘으로
훗일을 기약할 수 있다

화려했던 한 시절을 각인하고 있다

벽에 마른 등 기댄 채 초점을 잃었던 날들,
한 잎 두 잎 바닥에 클릭되는지
헐렁한 내가 넘겨진다

퇴색을 얻은 후에야 알았다
꽃은 죽은 것이 아니라 이대로
영원을 간직하는 중이었다는 걸

마른 꽃이 벽을 환하게 틔운다

생략된 답변, 여백으로 확장되는 질문들

마경덕(시인)

    한 편의 시는 무언가를 찾아낸 시인의 "답변이며 질문"이다. 세상에 없는 "내밀한 언어"를 찾는 일은 설명할 수 없는 미묘한 감정, 부지불식간에 스치고 지나간 감각, 보이지 않는 파장을 기록한 질문지이며 답안지이다. 낯선 언어를 찾기 위해 시인은 스스로 이 세상에서 격리되어 알 수 없는 세계로 생각을 내디디며 어둠을 더듬는다. 이렇듯 의미를 찾아가는 과정을 거쳐 한 편의 시가 태어난다.

    백비(白碑)가 보여주는 생략된 말로 수많은 말을 짐작하듯이 시의 여백도 "함축된 의미"를 지니고 있다. "오이의 잠은 인간의 온도가 되었다"는 글항아리 대표인 강성민씨의 시구 한 줄이 내내 기억에 남았다. 오이를 삭히는 일을 "오이의 잠"으로 보고 오이지가 되기 위해 얼마간을 기다려야 하는 그 온도를 "인간의 입맛에 맞는" 온도로 바라본 시선이 신선했다. 짜디짠 소금물에 누렇게 풀이 죽은 오이는 "인간이 정한 온도"를 어떻게 받아들였을까. 짧은 시구 한 줄이 담고 있는 의미를 생각할 때 여백은 더욱 확장된다.

머리가 사라진 진열장의 마네킹들, 얼굴 없는 조각품과 눈코가 생략된 그림들은 모두 여백을 가지고 태어났다. 본질에 집중하도록 실제의 형상을 배제한 빈자리에는 관람객의 상상이 덧입혀지기 마련이다. 여백은 다른 해석이 가능하도록 의미를 제한하거나 규정하지 않는다. '침묵'이 대답이듯이 다양한 의미의 담론을 유도하는 '생략'도 하나의 언어이다.

독일 사상가 '아도르노'의 사상적 특징은 "기성의 관념과 틀에 얽매이지 않는 자유로운 정신"이었다. 시인 역시 고정된 틀을 벗어나 시의 전면에 전율(戰慄)을 일으킬 새로운 상상을 설계한다.

이윤소 시인은 어떤 방식으로 자신의 시 세계를 응축해나갈까. 시인의 기억 속에는 이미지와 흔적들이 혼재해 있다. 사물의 특성을 통해 새로운 의미를 추출하고 삶의 진실에 접근하는 서정성으로 "시의 권역(圈域)"을 넓혀간다. 건강한 서정(抒情)을 지닌 회화적인 시편들은 감각적이며 역동적이다. 제한된 인식을 뛰어넘어 소외된 존재의 이면이나 유폐를 관찰한다. 서정적 자아는 '사물과의 관계'에서 벌어진 균열을 감당하며 '내면세계'를 담담히 서술한다. 타자의 결핍이 시로 '치환'되거나 사물 안에 내재된 '생명'을 탐색할 때 "시의 골격"이 단단해진다. 시적대상의 세밀한 표정까지 포착해내는 감각은 주목할 만하다.

> 이사 갈 집에 미리 도배를 준비했다
> 누렇게 뜬 벽지에서 전 주인의 담배 냄새가 났다
> 사각 벽을 들여다보고 있는 남향이
> 푸석한 창문을 압도하고 있었다

실핏줄 같은 균열 따라
미장의 가늠을 더듬어 갈 때
휘늘어진 벽지 한쪽이 틈을 허용했다
그 안에는 문이 있었던 것일까
나는 가만히 너머를 건너다 봤다

자유가 주어진 자유,
벽의 기대치가 미치는 그곳
벽과 벽이 마주보는 미지를
나는 왜 해독하려하지 않았을까

어둠이 슬금슬금 물러간 후에야
구석과 구석이 만나 각을 이루는 벽은
굽도리에 의해 하나가 되어가고 있었다

한쪽 벽면의 벽지를 뜯어내는 순간
벽지 속에 벽지가 있었다
자작나무 숲이었다
순록 한 마리가 뿔을 치켜들었다
벽은 순식간에 시베리아 벌판이 되었다

— 「벽 너머를 보다」 전문

'너머'는 사물이 가로막아 시선이 닿지 않는 "저쪽의 공간"이다. 이 집에 살다간 사람들도 '너머'이며 벽지에 뒤덮인 "벽지 밑의 벽지"도 '너머'이고 이곳에 머물다 간 "아득한 시간"도 '너머'가 된다. 먼저 살다간 주인이 남기고 간 흔적은 깊이 밴 담배 냄새 뿐이지만 그 냄새로 사라진 것들을 얼추 유추할 수 있다. 쌓이고 쌓여 누렇게 바랜 시간이 오랜 흡연을 증언하고 있는 것이다.

"한쪽 벽면의 벽지를 뜯어내는 순간/벽지 속에 벽지가 있었다/자작나무 숲이었다/순록 한 마리가 뿔을 치켜들었다/벽은 순식간에 시베리아 벌판이 되었다"며 시인은 단숨에 상황을 전복시킨다. 박제된 과거의 상처를 확인하다가 담배 연기에 찌든 벽지 속에서 "자작나무 숲과 순록 한 마리"를 발견한 것이다. 벽과 벽이 마주보는 미지를 해독하지 않았던 사람에게는 누런 벽지가 전부였을 것이다.

'가시적인 것'과 '비가적인 것'들의 틈에서 우리가 주목하는 안목은 얼마나 가벼운 것인가. 벽의 아랫도리에 바르는 종이, 굽도리가 사각의 구석을 하나로 묶어버릴 때 도배는 완성되고 바깥을 엿보던 벽의 자유는 사라진다. 이윤소 시인은 대상에 밀착해 교감으로 "정서적 일체감"을 불러일으킨다. 언어를 절제하고 새로움을 위해 낯선 것을 주시하는 시 쓰기는 드러내고 '숨기'며 '발설'과 '암묵'에 동의한다. 「벽 너머를 보다」는 예리한 시선으로 과거와 현재를 결속시켜 시를 끌어간다. 시적 영역에 이입된 경험은 시의 모티브로 작동하고 보이지 않는 "너머의 가치"를 이해하려는 관심은 예측하지 못한 "어떤 의미에까지" 도달하고 있다.

도시 빌딩 틈바퀴에 낀 건물 벽
래커로 휘갈겨 쓴 글자가 붉다

기둥과 기둥 사이의 독백,
녹슬어가는 철근같이
방치된 약속이 버티고 있다

바람이 부도를 몰고 들이쳐도
아무런 저항을 하지 못한다

창문의 권한에는 유리가 없다

이따금 날아가는 새들만 햇볕을 담보로
무단 침입할 뿐,
어떤 오후도 절차를 거치지 않는다

가로막이 설정해 놓은 저 흉물
한 발 비켜나 있는 속내가 타들어간다

구름은 가끔 소문을 몰고 오지만
쇠약한 그늘처럼 멀거니 제자리를 지킬 뿐

무엇이 쑥쑥 자라던 그의 키를 멈추게 했을까

뼈대만 앙상한 비계가
스치는 바람에도 삐걱거린다

—「유치권 행사 중」 전문

채무 불이행으로 억류 중인 건물은 아직 미완성이다. 유가 증권이나 물건을 담보로 빌려준 돈을 받을 때까지 철근은 녹슬어가도 유치권(留置權)은 계속 될 것이다. 시인은 절망이 도사린 그곳에서 냉혹한 현실을 감지하고 저 너머로 사라진 흘러간 시간을 불러낸다. "바람이 부도를 몰고 들이쳐도/아무런 저항을 하지 못한다/창문의 권한에는 유리가 없다"에서 보여주는 압축된 언어가 돋보인다. 당연히 있어야 할 "창문에 유리가 없다"는 것과 권한을 상실한 건물주의 모습이 오버랩 되고 있다. "이따금 날아가는 새들만 햇볕을 담보로 무단침입할 뿐 어떤 오후도 절차를 거치지 않는다"는 함축된 시어로 순리를 따라 회전하는 자연의 법칙과 인간의 법으로 정체된 "사회의 일면"을 비유법으로 보여준다.

제한을 받거나 자유로운 "상대적인 두 요소"를 등장시켜 긴장감을 고조시키며 상황을 둘러싼 문제점을 제시한다. 시인은 유치 중인 건물을 통해 불황에 허덕이는 현시대의 불안을 소환하고 불화와 분열로 소멸되어 가는 존재를 확인한다. 조화를 무시한 "생의 기저"에는 예측할 수 없는 삶이 매복 중이다. 방치된 건물에는 짙게 깔린 '비애'가 슬픔의 음역대(音域帶)를 오르내린다.

> 한동안 잊고 있었던 마른 꽃을 본다
> 벽에 걸린 채 나를 기다렸다는 듯
> 한때 실핏줄 하나하나에도 촉촉이 물올랐겠다
> 비와 바람에도 꺾이지 않으며 향기를 키웠겠다
> 뿌리가 잘려나간 후에도 꽃대는 결연히 버텼겠다
>
> 공중의 습기까지 끌어와 가늘게
> 꽃을 받치고 있는 저 힘으로
> 훗일을 기약할 수 있다
>
> 화려했던 한 시절을 각인하고 있다
> 벽에 마른 등 기댄 채 초점을 잃었던 날들,
> 한 잎 두 잎 바닥에 클릭되는지
> 헐렁한 내가 넘겨진다
>
> 퇴색을 얻은 후에야 알았다
> 꽃은 죽은 것이 아니라 이대로
> 영원을 간직하는 중이었다는 걸
>
> 마른 꽃이 벽을 환하게 틔운다
>
> — 「다시 피고 있었다」 전문

꽃은 가윗날에 잘려도 한동안 싱싱하다. 물에 발목을 적시고 "물의 기운"으로 정신을 차린다. 화훼농장에서 도매상으로, 다시 동네 화원으로 이동하는 동안 안간힘으로 봉오리를 지킨다. 꽃봉오리는 열릴듯 말 듯 천천히 피어야 한다. 꽃대가 잘리는 순간 절명했지만 여전히 아름다워야 한다. 화원의 냉장고에 들어가 냉기에 떨며 꽃들은 남은 여생을 맡길 주인을 기다린다. 꽃병에서 며칠 살다가 시든 꽃은 쓰레기로 버려지거나 가지런히 묶여 벽에 걸린다. 온몸의 피가 다 말라 '미라'로 변해버린 꽃을 벽을 마지막까지 붙잡고 있다. "공중의 습기까지 끌어와 가늘게/꽃을 받치고 있는 저 힘으로/훗일을 기약할 수 있다"고 한다. 공중을 떠도는 습기 한점도 빨아들이는 저 흡인력이 버석거리는 "꽃의 뼈대"를 지키고 있다.

플라톤이 철학을 "죽는 연습"으로 규정했듯이 문학 역시도 가상의 세계로 들어가 "마지막 절벽" 끝에서 자신을 돌아보는 일이다. 물음 자체가 철학의 대상인 것처럼 수많은 질문이 문학 속에 있다.

"퇴색을 얻은 후에야 알았다/꽃은 죽은 것이 아니라 이대로/영원을 간직하는 중이었다는 걸" 깨닫는 순간, 마른 꽃으로 벽이 환하다. 벽이 있는 곳이 "폐쇄된 공간"이라면 시인이 벽을 넘어 만나는 곳은 "탁 트인 공간"이다. "열림과 닫힘" 두 개의 공간이 한자리에 존재한다. 벽에는 "삶과 죽음"이라는 질문이 걸려있고 시인은 뒤늦게 답을 찾은 것이다. "사고의 틀"을 바꾸는 인식의 변화로 시든 벽에도 생기가 돌고 있다. 어느 시인은 "끊임없이 영원을 향해, 영혼의 갈고 닦기를 위해 달려가는 자만이 죽어서도 살 수 있다"고 했다. 벽에 걸린 한 묶음의 침묵은 어디를 향해 가는 중일까. 닿지 않는 뒤편에 살고 있는 그리움처럼 아름답고 서늘한 주검이 허전한 벽을 지키고 시인은 "미지의 경계"까지 넘어가 '영원'을 만지는 중이다.

당신의 흔적을 간직하고파
하얀 와이셔츠 한 장 옷장 깊숙이 넣어두었지

묵은 옷 정리하다 문득,
당신을 향한 마음
구김 펴고 줄 세우고 싶었어

내 기억 속 당신은 아직도 분무기 속인데
나는 잔주름을 늘려가고 있네

남은 열이 사라진 세상은 되알져
나조차 어딘가 눕은 채로
놓여진 것만 같은데

당신이 남기고 간 세 아이가 있어
보란 듯 고루 펴주며 살았지
어느새 그 가을이 마흔 번 쯤 다려졌구나

조금은 떨리는 손으로
낡은 스팀다리미 꺼내 옷을 다렸어

몸 안에 지닌 물의 숨통 트이는 소리가
셔츠에 노란 물을 들여버렸지
잊지 않았으니 괜찮다고 속삭이듯
꼬여진 선을 타고 녹물이 흘러내렸어

그렇구나
내 가슴 속에 식지 않은 열이
아직 남아 있었구나

내 안 꾹꾹 눌러 놓았던 눈물이

뚝뚝

셔츠 위에 안부처럼 점을 찍고 있었지

— 「묵혀둔 안부」 전문

"외로움이 부족해 피가 마르는 세상이 있고 중무장된 평화에 천천히 질식되는 너희가 있다"는 김소연 시인의 시구처럼 외로움이 사라지면 사람들에게는 무엇이 남을까. 안일과 나태와 무력감으로 서서히 죽어가는 지친 평화에 우리는 얼마나 민감할까. 확신에 찬 사람들 속에 나를 내버려 두지 않기 위해 노력한다는 시인의 말은 질문에 대한 답이 될 것이다.

내상(內傷)은 외상보다 깊다. 불쑥 튀어나오는 상처들, 아물고 다시 도지는 잠재된 기억들이 시인과 밀접한 관계를 이루고 있다. 언어는 실재세계를 묘사하는 논리적 그림이라고 한다. 이 쓸쓸한 그림으로 우리는 시인의 묵혀둔 슬픔을 목격한다. "당신이 남기고 간 세 아이가 있어/보란 듯 고루 펴주며 살았지/어느새 그 가을이 마흔 번 쯤 다려졌구나"에서 그간의 정황을 짐작할 수 있다. 세 명의 아이들이 구겨진 주름살을 다려주던 힘이었다. "어느새 그 가을이 마흔 번 쯤 다려졌다"고 한다. 40년이라는 시간은 흐르지 않고 여전히 시인의 가슴에 머물러 있다.

짧은 문장으로 소설을 쓸 수 있는지 친구들과 내기를 했을 때 헤밍웨이는 "판매: 아기 신발 한번도 신은 적 없음. (for sale: baby shoes. Never worn)"이라고 냅킨에 적었다. 짧은 6개의 단어가 암시한 상황만으로 예감되는 아릿한 슬픔이 있듯이 시의 행간에 숨겨둔 가슴 저린 통증이 있다. 장롱이라는 공간은 "서늘한 기억"이 머무는 곳이다. 고인의 흔적은 내면에 균열을 일으키고 시인은 그 충돌의 힘과 직면하며 인간의 본질적 외로움을 깨닫는다.

다리미로 다려주던 하얀 셔츠 한 장, 옷장 깊숙이 숨겨둔 추억에게 언제까지 슬픔이라는 먹이를 주어야 할까. 꾹꾹 눌러둔 눈물이 안부가 되어 셔츠에 점을 찍는다. 외로움은 육신과 영혼을 주리게 하는 허기이며 그 허기를 달랠 힘, 또한 외로움에서 나온다. 이미지를 확장하며 다채로운 상상을 펼치는 시 쓰기는 "외로움의 실체"를 만나는 일이기 때문이다.

한국전쟁 70주년
전쟁의 참상을 증언해주는 용산 전쟁기념관
아직도 전시실에는 포성이 들리고 있습니다
구멍 뚫린 철모는 개머리판을 끌어안고
어느 무명용사의 돌무덤에 세워진 십자가는 처연합니다
흑백사진 속의 초소, 가로막힌 철조망
기관총, 탄피가 즐비하게 철조망을 지키고
전 재산인 보따리를 이고 짊어진 긴 행렬
부모 손을 놓친 아이들의 울음이
6월의 하늘에 핏빛으로 퍼져 나갑니다
진남포에서 피난길에 오른 나의 다섯 살도
그 행렬에 끼어 엄마를 애타게 부릅니다
총성과 폭격이 펑펑 터지는 불길 속에서
남쪽을 향해 한없이 걸어야 했습니다
고무신이 다 해지도록 걷고 또 걷다
업은 아기의 기척이 없어 포대기를 들춰보고서야
홍역을 앓던 중 죽었음을 알게 된 어머니
삽을 빌려와 흙을 파고 아기를 묻었습니다
차마 걸음이 떨어지지 않아 발버둥치며 통곡할 때
나는 그때서야 동생을 볼 수 없다는 걸 알았습니다
밤이면 빈집으로 모여든 피난민들
웅크린 채 잠들었던
배고픔과 두려움으로 떨던 그 밤을 잊지 못하는데
철조망은 무너지지 않고
어느새 일흔 번의 6월이 왔습니다
달챙이 숟가락 같이 닳고 닳은 아픔

아직도 실향민이란 이름으로 남아있습니다
죽은 자식을 묻은 마른 더덕같이 버석거리는 손
문드러진 손톱은 어머니의 이력입니다
당신의 묵주에 꿰인 생각들은 언제쯤 사위어 갈까요
전시장을 나서는 6월의 하늘이 푸르기만 합니다
　　　　　　　　　　— 「용산역에는 구름도 행렬입니다」 전문

　체험의 감각으로 재생된 심상(心象) 속에 피난 행렬에 긴 다
섯 살이 있다. 망막을 찌르는 강렬한 체험이 '용산 전쟁기념
관'에서 재현되고 시인은 구체적인 재현 대상을 통해 어둠 너
머로 사라진 들리지 않는 비명을 포착하고 있다. '전쟁기념
관'에 전시된 구름떼처럼 몰려가는 피난 행렬이 전시공간을 긴
장감과 불안으로 환기시킨다.
　"총성과 폭격이 펑펑 터지는 불길 속에서/남쪽을 향해 한없
이 걸어야 했습니다/고무신이 다 해지도록 걷고 또 걷다/업
은 아기의 기척이 없어 포대기를 들춰보고서야/홍역을 앓던
중 죽었음을 알게 된 어머니/삽을 빌려와 흙을 파고 아기를 묻
었습니다"에서 보여주듯이 언제 죽은 줄도 모르는 아이를 업
고 신발이 해지도록 걷는 전쟁의 참혹한 현장을 목격하게 된
다. 아이의 죽음을 슬퍼할 겨를도 없이 또 발길을 재촉해야 하
는 피난길은 "삶과 죽음의 갈림길"이다. 발버둥치며 통곡하는
어머니를 보며 그때서야 동생을 볼 수 없다는 걸 알았다고 한
다. 상처를 받으면 그 상처를 타인에게 반사하는 인간의 본성
마저 말살되어 죽음에 대한 책임을 그 누구에게도 물을 수 없
다. 전쟁이라는 어둠의 세력에 진입하거나 스며들어 그럴듯한
이유로 포장되어 버리는 것들은 얼마나 많은가. "어쩔 수 없
었다"는, "그때는 다 그랬다"는 변명으로 무마되는 위험한 경
계들, 그 중심에는 억울한 죽음들이 묻혀있을 것이다.

전쟁영화를 볼 때 관람객은 마치 전쟁이 벌어지는 현장에 서 있는 것처럼 기시감을 느낀다. 「용산역에는 구름도 행렬입니다」에서도 한 번도 경험한 일이 없는 상황이 "실제 경험"처럼 느껴진다. 이윤소 시인은 "동생의 죽음"과 어머니의 "문드러진 손톱"으로 어릴 적 경험한 동족상잔의 비극을 구체적 묘사로 생생하게 증언하고 있다.

오래 망설였던 접시를 샀다
나는 식탁에 앉아 그윽한 눈길을 담고
희디흰 살결에 닿을 때마다
손끝이 설레었다

하얀 백색의 얼굴을 처음 보았을 때처럼
떨리는 손
그만 바닥으로 떨어트리는 순간,

쨍, 비명을 질렀다
처음으로 들려준 너의 목소리였다

어지럽게 널려진 선홍빛 핏방울,
결말이 손끝에 맺혔다
하얀 접시에 붉은 동백꽃이 피었다

산산이 부서진 이별은
한동안 후회로 서걱거렸다

한 송이, 두 송이
부엌 바닥엔 더 많은 꽃이 피었다
우리의 사랑은 애절하고
한참을 아렸다

낯선 누군가에게 건너간 마음처럼
봄비가 가늘게 울고 갔다

— 「동백꽃 피던 날」 전문

　실수로 떨어뜨린 아끼던 접시, 바닥에 부딪쳐 산산조각이 날 때 처음 내지르는 비명은 "접시의 목소리"였다. 그 소리가 접시를 붙들고 있을 때 "온전한 접시"였다. "어지럽게 널려진 선홍빛 핏방울,/결말이 손끝에 맺혔다/하얀 접시에 붉은 동백꽃이 피었다"라고 한다. 손에서 흐르는 핏빛은 붉은 동백꽃빛이다. 망설이다 구입한 깨진 접시 조각을 그러모으며 한동안 자신의 실수를 자책한다. 그 후에도 한 송이, 두 송이 부엌 바닥엔 더 많은 꽃이 피었다. 왜 아끼는 것들은 쉽게 곁을 떠나는 것일까. 빈자리를 바라볼 때마다 사랑은 애절하고 아리기만 하다. 낯선 누군가에게 가버린 변심한 애인처럼.

　그렇다면 다시 시의 서두로 돌아가보자. 하얀 접시는 시인이 사랑했던 대상이다. "나는 식탁에 앉아 그윽한 눈길을 담고/희디흰 살결에 닿을 때마다/손끝이 설레었다"라고 고백한다. 마주 앉아 바라보는 누군가에게 흠뻑 마음이 젖어 있는 시간이다. 절정은 불안이 시작되는 지점이어서 행복이 깨지는 순간, 비명이 터져 나온다. 산산이 부서진 결말에 시인의 고통은 붉은 핏빛으로 환치된다. '빛의 뒤편'이 어둠이듯이 고운 '빨강'은 가장 '슬픈' 색이다. 사랑의 근간은 서로를 밀착한 틈이며 적당한 간격이어서 흐르는 시간에 가늘게 울고 간 봄비만큼 슬픔도 무뎌진다. 그토록 아리던 사랑도 특별한 인연도 언젠가 깨지게 마련인 것을 시인은 반복되는 상처를 통해 깨닫는다. 「동백꽃 피던 날」은 꽃이 피는 아름다운 날이었다가 피를 흘리고 만 고통스러운 날이다. 이윤소 시인은 터져 나오는 감정을 절제하며 동전의 양면 같은 이중성과 팽팽한 긴장감으로 완성도를 이끌어낸다. 외부의 환경에 슬픔이 확장되고 변화하는 과정을 보여주는 「동백꽃 피던 날」은 눈여겨 볼만한 수작(秀作)이다. 시 한 편에 베인 가슴이 내내 아리다.

저녁 모임이 늦게 끝나 서둘러 개인택시를 탔다 갈 길은 먼데 신호등이 번번이 길을 막는다 중년의 기사는 뒷자리에 앉은 나를 힐긋 보더니 조심스레 묻는다 손님은 자녀가 몇이예요? 내 대답을 듣자마자 기사는 쉴틈 없이 말을 한다 혼자 몸으로 없는 살림에 큰아들 박사 만들어 결혼 시켰더니 바쁘다는 핑계로 일 년에 얼굴 한두 번 보기 어렵다며 자랑인지 푸념인지 늘어놓는다 대학도 못보낸 작은 아들은 월급날이면 용돈도 주고 아침 일찍 일어나 차도 말끔히 닦아 준다며 칭찬인지 안쓰럽다는 얘긴지 계속 말을 잇는다 애비 노릇도 못했는데 작은 놈은 효자 노릇을 하고 공들여 키운 큰놈은 글쎄, 회사 근처로 이사를 가야하니 내 집 담보를 잡혀 달라지 뭐예요 큰놈 덕 보기는 아예 글렀는가 봅니다 기사의 한숨 소리가 공회전 소리만큼 크다 얼마나 괘씸하고 서운했으면 손님인 나에게 하소연을 할까 나이 지긋한 나를 보니 자기 심정을 알아줬으면 하는 것 같아, 너무 서운타 생각 마세요 제 자식 하나 낳으면 부모 생각할 거예요 철이 늦게 드는 자식 있잖아요 그래도 작은 아드님이 형 노릇까지 하는 효자이니 행복하신 거죠 위로가 될지 모를 말을 주섬주섬 대꾸해주다 보니 어느새 집앞에 도착했다 더 들어줘야 할 말이 아직 남은 것 같아 내 귀를 두고 내렸다 계단에 올라설 때까지 택시는 그대로 서 있었다

— 「귀를 두고 내렸다」 전문

달리는 택시 안에서 드라마틱한 세상이 펼쳐지고 있다. 푸념처럼 늘어놓는 개인사에 몇 마디 위로를 건네며 "귀를 열어주는" 낯선 손님에게 참았던 말들이 쏟아지고 있다. 아내 없이 홀로 키운 자식에게 받은 상처를 "들어줄 귀"가 없었을까. 가

슴에 켜켜이 쌓인 말들이 뒷좌석으로 건너오고 운전수와 손님 사이 그 공간으로 쓸쓸한 기운이 흐르고 있다. 심리적 공간에 쌓인 말들이 물리적 공간으로 건너와 시인의 귓속을 파고 든다. 기대가 컸던 자식에 대한 실망, 기대하지 않았던 자식에 대한 미안함이 뒤섞인 하소연은 목적지에 도착할 때까지 이어진다. 더 해야 할, 더 들어주어야 할 말이 있을 것 같아 시인은 택시에 "귀를 두고" 내린다. 다른 사람의 처지를 불쌍히 여기는 마음이 연민(憐憫)이다. 상대의 슬픔을 외면하지 못하는 "시인의 귀"는 아직 그곳에 머물고 있다.

이야기를 들어주기만 해도 외로움은 줄어든다. 대화에 목마른 현대인들, 불신으로 소통이 단절된 "펜데믹 시대"에 마음을 터놓고 들어줄 '귀'는 몇이나 될까.

「귀를 두고 내렸다」를 보며 문득 필자의 작업실 뒷마당 호두나무 그늘이 생각났다. 수령 40년인 호두나무는 오후가 되면 무성한 그늘을 제 발치에 내려놓았다. 그러다가 비가 오면 돗자리처럼 펼쳐둔 그늘은 사라지고 말았다. 빛이 없으면 "눈을 뜨고도 볼 수 없는"것이 '그림자'였다. 호두나무가 넓은 이파리에 담아둔 은은한 향기는 무심한 마음에는 닿지 않는 "고요한 향기"여서, 그늘 아래 눈을 감고 깊이 숨을 들이켰다. 아득해서 닿지 않는 것들은 모두 마음으로 읽어야 했다.

보이는 것만이 전부는 아니다. 운전수와 그의 아들은 눈을 뜨고도 보지 못하고 손을 뻗어도 "닿지 않는 거리"에 서 있다. 아득한 거리는 그 이면에 내재된 진실을 알게 위해 찬찬히 마음으로 읽어야 한다. 마음의 상처는 마음으로 치유될 수 있을 것이다.

「귀를 두고 내렸다」는 "여백이 두드러지는" 작품이다. 시인이 택시 안에 '귀'를 두고 내림으로 시는 여전히 진행형이다.

그 어떤 결론을 내리지 않는 '여백'이 맑은 여음을 남긴다.

이윤소 시인은 다양한 경험과 상황에 접근하여 주변의 사물, 현시대의 동향을 면밀히 관찰한다. 관조(觀照)의 힘이 깃든 시편들은 독자를 설득할 '에너지'가 충만하다. 사물과의 구체적 관계를 통해 현실을 인지하고 감각을 건드리며 자신만의 작법으로 시세계를 구축한다. 압축된 시어들, 생략된 답변, 확장되는 질문, 아름다운 여백이 시적 특질이다. 이윤소 시인의 예리한 "시의 렌즈"는 느낄 수 없는 것, 보이지 않는 너머를 감각하며 끊임없이 작동되고 있다.

시와정신시인선 36

귀를 두고 내렸다

ⓒ이윤소, 2021

초판 1쇄 | 2021년 2월 25일

지 은 이 | 이윤소
펴 낸 곳 | **시와정신**
주   소 | (34445) 대전광역시 대덕구 대전로1019번길 28-7
　　　　　　신창회관 2층
전   화 | (042) 320-7845
전   송 | 0504-886-8861
홈페이지 | www.siwajeongsin.com
전자우편 | siwajeongsin@hanmail.net
공 급 처 | (주)북센 (031) 955-6777

ISBN 979-11-89282-31-8   03810

값 10,000원